곽성숙 제2시집

박공녈의 시옷이 되어

박공널의 시옷이 되어

1판 1쇄 인쇄 2022년 5월 1일
1판 1쇄 발행 2022년 5월 5일

지은이 곽성숙
발행인 김소양
편 집 권효선
마케팅 이희만

발행처 ㈜우리글
출판등록번호 제321-2010-000113호
출판등록일자 1998년 06월 03일

주소 경기도 광주시 도척면 도척로 1071
마케팅팀 02-566-3410 **편집팀** 031-797-3206 **팩스** 02-6499-1263
홈페이지 www.wrigle.com

ISBN 978-89-6426-103-3 03810

잘못 만들어진 책은 구입하신 서점에서 교환해 드립니다.

곽성숙 제2시집

박공널의 시옷이 되어

우리글

몰입 한다는 것은
몸과 마음을 다 기울여
끝없이 향하는 일이다.
해가 뜨고 이울 때 서쪽 하늘이 틈도 없이 붉게 스며들 듯
너에게 집중하는 것 또한 그렇다.
수줍고, 강렬하게, 온전히,
詩, 너를 향하는 것이다.

깊이 가라앉던 것들이
싹이 트듯이 올라온다.

못내 그리운 것들
아픈 것들
잃어버린 것들
내 안에서 떠나지 않는
결코 떠나지 않을
이것들은
그것들은
돌. 아. 보. 니.
모두 사랑이다.

2022년 4월 봄
차꽃 곽성숙

차례

3부 옛 편지

4부 시의 신발

5부 정인이 정인에게

6부 드문드문

1부

박공널의 시옷이 되어

분꽃 마을

화순 이서 가는 길 폐교 앞마을은
대문간마다
저녁밥 재촉하는 분꽃이 피어 있다

골목마다
졸고 있는 개와
나른한 고양이가 있다

화순 이서 가는 길
폐교 앞마을엔
엄마 목소리 들리는 분꽃이 있다

일평생 대문 앞에 피어 있던 분꽃이었다
종종종 저녁밥 지어내던 분꽃이었다
흰 머릿수건 쓰고 사신 분꽃이었다

엄마는 단발머리 여자아이
나 하나만 바라보던 분꽃이었다.

박공널의 시옷이 되어

선암사 해우소의 맞배지붕
박공널*의 시옷이 되어
어느 시인이 통곡하는 모습을 보았어

와송의 등 굽은 허리에 기대던 그가
어깨를 들썩이다 무릎을 꿇고 곧
소리를 내었지
삶이 통곡을 하는 것은
해우소에 앉는 것과 같아 가벼워지는 것이니
난 묵묵히 내려다보는 것으로 그를 위로했지

시옷이란,
사람과 사람이 서로 기대는 것이기에
그의 어깨를 안고 따라 울면 되지
소리 없이 손길만 주면 되지
가만히 등만 내어줘도 되지
옆에 말없이 서 있만만 줘도
통곡은 빛이 나고 할 일을 다하는 것

박공널의 시옷이 되는 것은
내게 기대도록 너에게 곁을 주는 일이야.

* 박공지붕 양쪽 끝 면에 'ㅅ' 자 모양으로 붙인 널빤지.

소금쟁이가 튀는 이유

소금쟁이가 그렇게 물 위를 살금
튀어 옮기는 것은
제 몸이 녹을까 싶어서야 소금쟁이잖아
물에 사르르사르르 녹아버리는 소금이잖아
소금을 지니고 태어났으니
제 몸을 살짝
아주 조금씩 조금씩 사라지며
이 생을 버티는 거야
네 다리를 쫘악 벌리고 뛸 때마다
물의 짠맛은 짙어가지만
발바닥은 얇아지지만
쉬지 않고 튀어보는 거지

나는 소금쟁이니까
가만히 있다 녹아버릴 수는 없으니까.

왼쪽에 대하여

몇 해째 마비가 덜 풀린 왼쪽 얼굴선이 부드럽다
지나치게 고집스럽고 강인하고
표정 정리 잘되던 한때 있었다
지금의 어설픈 왼뺨은 뒷북치듯
얼떨떨하고 완만한 것이 차라리 평온하다

오른쪽에게 먼저를 내어주고
우선멈춤을 하는 왼쪽이
철도 건널목 앞에서 큰 숨 내쉬고 있다
씩씩대는 기차소리에 가쁜 숨 묶어 보내고
건널목 턱에 걸려 휘청대어도 괜찮다

무슨 쓸쓸이 모여서 서로 다독이며
다시 걷기를 준비하고 있는지
지금 나의 왼쪽을 바라본다.

소쇄원 위교를 건너며

제월당에 달빛이 환하니 나는 협문을 지나
대나무 밭에서 불어오는 바람을 둘러 걸치고 위교를 걷는다
지금 몇 년째 달빛을 동무 삼아 떠난 스승을 생각한다
비가 그친 후의 가을 보름밤은 말해 뭐하랴
게다가 오늘밤은 유난히 달빛이 환하지 않는가

광풍각엔 넉넉히 불도 지펴 계곡으로 흘러내리는 돌 틈으로
연기가 춤을 추며 퍼지는 게 황홀하기만 하다
대숲 바람소리는 애절한 피리소리를 업고 위교 위를 걸으니
떠난 스승 생각이 오곡문 담장 밑의 물처럼 그리움이 흐른다

천천히 위교를 건너며 바람과 대나무를 생각한다
무정풍여죽無情風與竹*이라 하니 연인도 아니건만,
연모함도 없이 어찌 저리 둘은 틈만 나면 고운 연주를 할까

사라진 것들이 돌아올 것만 같구나.

* 하서 김인후의 소쇄원 10영 중에서.

갱년기

불쑥, 모든 틈들이 달구어졌다
불쑥, 틈마다 땀이 솟아올랐다
수시로 뜨겁게 달구어지다
수시로 찬물 속으로 던져졌다

불쑥, 틈마다 생긴 우물이다
지천명에 찾아 온 손님이다
형체도 없이 뜨거운 온도로 두드린다

불시에 여름과 겨울을 오가고
불시에 초가을 바람처럼 평온하다
어느 날은 무화과처럼 말랑하다
어느 날은 모과처럼 단단하다

그렇게 부리나케 불쑥
그렇게 번개 치듯 불쑥

벌써
벌떡
그 안에 들어앉은 나였다

전생에 나는 대장장이의 딸이었다.

선자연이란 부채

서까래는 한옥 지붕을 받치는 가늘고 긴 나무예요
초가집은 지붕이 가볍기 때문에 서까래가 가늘고요
기와집은 지붕이 무거워서 굵어요
옛날 외할머니 집 서까래에는 제비들이 둥지를 짓곤 하였어요

마루에 누워 그 모습을 보며
외할아버지가 은밀히 올려 두었다는 그녀를 보았어요

그날부터 아무도 모르게
그녀의 매끈한 몸을 혼자 본다는 것은
달빛 환한 봄밤
알몸으로 그녀를 마주하는 것이니 발바닥까지 짜릿했어요
뒤채에 숨겨놓은 둘째 각시를 탐하러가는 것처럼
상처 난 짐승의 울음소리를 내보내는 것처럼
전율이 일지요

이름도 이쁜 그녀 선자연은
넓은 폭의 치마에 바람을 품거나 햇빛이 들치도록
살짝 치마 끝을 밖으로 들어 보이기도 하였어요
나는 이 때 추녀를 따라
부채꼴 모양으로 퍼지는 섬세하고 화려한 그녀를 떼어내
이마까지 오른 내 열을 단박에 식히고 말아요.

식영정*

보름 달빛 벗삼아
돌계단 끝 노송에게 갑니다
정자 바시미**에 걸터앉은 달이
왔느냐 반깁니다
노송 앞에서 깊은 숨을 마시니
하늘이 슬몃 스며듭니다

자 마루에 앉으면 보이는 광주댐
저 물빛에 마음을 두라는군요
그림자도 쉬어가는 곳
내 그림자도 예서 큰 숨으로 쉽니다

물빛이 되어 달빛 아래 춤을 추는
남도 기생이 되는 밤이면
고조곤히 들려오는 소리
바람소리는 거문고 줄로
솔향은 달빛과 쏟아집니다.

* 식영정 : 전라남도 담양군 남면 지곡리 성산(星山)에 있는 조선 시대 정자.
** 우리나라 건물에만 있는 지붕이나 처마에 있는 곡선을 이른다.

화사석에 꽃이 피어

― 개선사지 석등*

탑돌이는 하고 잘래

건너편 마을에서 참깨밭을 건너 온 그녀가
화창火窓을 살짝 쓰다듬다 달을 올려 보았어요
그 말을 알아들은 화사석 여덟 창에
꽃이 화르르 피어났지요
어둠의 손을 잡고 걸어보자고
시방세계에서 온 귀꽃이 화사석에 마음을 얹었답니다

당신에게 갈게요

토닥토닥 꽃그늘로든
사각사각 비로든
일렁얄랑 바람으로든
어둑어둑 그림자로든
보무라지 같은 꽃잎 날리며
하드르르 당신에게 내가 갈게요

거기 그대로 계세요

참깨 밭에서 놀다 화창火窓으로 들어간 해가

그녀의 반짝이는 눈물을 보았어요
탑을 도는 그녀의
들썩이는 어깨로 꽃잎이 눈부시군요

어두워져야만 곁에 오는 것들이 있답니다
그때서야 허락되는 먼발치 말이예요.

* 담양군 남면 학선리에 있는 통일신라 석등.

5월에 진 별들은 붉다

옛 망월 묘역 가는 길
죽은 영혼을 달랜다는 이팝나무 흐드러졌다
이팝나무 아래서
달무리 진 망월을 올려보다 생각한다
황소자리, 쌍둥이자리, 사자자리, 천칭자리…
5월에 진 별들이 망월과 함께 어둠을 밝히며 내려온다
내 심장도 붉은 빛 되어 타오를 때
망월 슈퍼 주인은 문을 닫고 사라진다

옛 망월 묘역 쪽에서 한 사내가 큰 소리로 주인을 부른다
아무런 답 없자 웃통을 들썩거리며
누구에게랄 것도 없이 퉁을 부린다
'이런, 에헤잇'
이팝나무 길 따라가던 사내 등 뒤로 들려오는 소리
"세월은 흘러가도 산천은 안다. 깨어나서 외치는…"
5월 별자리 아래에서
달도, 바람도, 사람도 모두 붉은 빛이다

그곳은 아직도 울음을 참고 있는
5월에 진 별들이 붉은 가슴으로 모여 산다.

2부

꽃
쌈

사레처럼

그곳이 아니라고
급한 기침으로 멈추게 하지 않는가
기도와 식도
그 하는 일이 서로 다르다지 않는가

사랑도 이런 것일 테지
펄펄 끓어 어쩌지 못해 맹렬하게
그를 향해 가나 그 길이 아니라고
니 것이 아니니 앓으라 하지 않는가

기도로 들어간 음식에게
제 길 찾도록 기침을 하는 일처럼
그래야 포도시 멈추는 것처럼

목이 쏟아질 듯 격렬히 기침이 나고
눈물이 나고 시뻘개지는 곤혹이 지난 후 차츰 잦아지듯
가슴의 불도 그럴지 모른다
신열 같은 땀을 쏟아내고 몸살을 앓고 나면
차차 가라앉고 숨이 쉬어질지 모른다

그러니 사랑도 사레처럼

너무 뜨겁게 격렬하지 말고
너무 한꺼번에 불타오르지 말고
찬찬히 스며드는 거다.

꽃쌈

꽃잎이 꽃술을 감싸고 있을 때
새들이 통째로 따먹는 모습을 나는
꽃쌈이라 부른다

참새가 그럴 줄 몰랐어
나는 네가 그리 고운 속을 가진 줄 몰랐어
오십이 넘고서야
새가 꽃을 따먹는 것을 알다니
제 작은 몸속을 꽃 천지로 채우려고
쌈 싸먹듯 앵두꽃을 톡톡 따 먹는다는 걸 알다니

새야,
꽃쌈으로 너는 배를 불리고
꽃보쌈으로 너는 아이를 낳았구나
포르르 포르르
참새 떼들이
앵두 꽃가지를 흔든다

달빛 환한 봄밤에
꽃쌈 먹는 참새야,
욕심껏 모은 꽃 향을
부디 내 방 가득 부려 주어라.

꽃보쌈

달이 뜨지 않은 밤 오세요
잠들지 않고 있을게요
신발을 싼 오색 보따리를 품에 안고 있을게요
아마 저는 숨도 제대로 못 쉴 거예요
발자국 소리를 들으려고 귀를 사방으로 열어 두었고요
나를 어깨에 둘러메고 사뿐히 담을 넘도록
봄기운이 돌면서부터 이미 속을 비우고 있답니다

만약 당신이 날 싸가지 않는다면
이대로 봄비에 통꽃으로 툭 지고 말테야
이제 나는 가벼워졌어요
부디 꽃이 지기 전에 오세요
통째로 따서 담을 훌쩍 넘어 달아나세요

지금 달빛 없는 봄밤입니다
꼼발 들고 기껍게 기다리고 있답니다.

벽돌 두 장

그녀는 자궁 수술 후 회복실에서 네 시간
입원실로 올라와 네 시간째
거뜬히 자는 중입니다
오른 모로 누운 그녀의 왼발바닥을
누르다 수르르 주저앉습니다
태산목 꽃잎 위로 수술이 떨어집니다
모든 눈물샘이 멈칫 하다 뿌예집니다

그녀의 무뚝뚝한 발바닥
도대체 어느 서덜을 맨발로 헤맸을까요

침대 위에서 비로소 멈춘 벽돌 두 장
내가 휘청대고 쓰러질 때마다
온 힘으로 버팅겨 업고 뛴 벽돌 두 장
내 발의 실금조차 허락치 않던 벽돌 두 장
잠길에도 나를 업고 서덜을 걸어갑니다.

그때 탱자꽃이 알기나 했겠나

버스는 화순 사평이 종점이라고 했제
무조건 맨 뒷자리를 차지한 내 몸이
졸다 선배의 어깨에 기댄 건 큰 실수였을 거야
누가 그럴 줄 알기나 했겠나
그 잠깐의 스침이 가슴을 수시로 두드릴 줄
그때 내가 알기나 했겠나
그 잠깐 것들이 이리 오래 남아
촘촘히 빈자리를 점령할 줄을 과연 알 수나 있었겠나

사평에서 내려 걷다걷다 만난
아찔한 꽃
찔려도 아프지 않을 것만 같던
희고 자잘한 그 흰 꽃에 취해 휘청대다
선배 팔에 잠시 의지 한 것이
치명적인 과오였음을 그때 내가 알 수나 있었겠나
그 잠시의 멈춤이 긴 시간 건반을 두드리듯
통통통 소리가 날 줄을
과연 내가 알았을 리가 있겠나
알고는 참으로 못할 일이지 싶제

그때는 탱자 꽃말이
추억이라는 것도 어둑히도 몰랐제.

부럽지 않아요

저 배가 바람처럼 간들
당신만 태우고 가지 않으면
손 흔들 수 있어요
잘 가라 말할 수 있어요
아무리 시원하게 물살을 가르며
자유롭게 떠나도
하나도 부럽지 않아요.

사랑이 울거든
– 야사리 은행나무*

삶이 너덜너덜 마음을 치는 날이면
그에게 가서 몸을 깁고 싶다
그와 노랑말로 애틋한 사랑을
글썽이고 싶다
먼 곳에서도 나를 알아보고 손 흔드는
그의 정겨움이 허공에서 눈부시다

은행나무와 손잡고 사는 파란 지붕
앞 골목을 휘감는 돌담
가지 끝에서 흐르는 안심 천에도 가을은 다북하다
낯선 이의 발소리로 동네 개들
밥 짓는 저녁연기에 몸을 부빌 때
방구들 한쪽에서 내민 얼굴이 반갑다
그 빛에 숨을 몰아 쉬다 허기져
된장 푸욱 배인 두부를 뜸뻑듬뻑 떠먹는다

가을이 성질 급한 겨울 손을 잡고
아랫목으로 깊이 흘러올 때
남은 한 잎에 힘을 얻어
찬찬히 그의 집으로 향한다.

* 야사리 은행나무 : 화순 이서면 야사리 500년 천연기념물 303호.

사랑아

가을이 오는 여름 끝 들판처럼
가을이 모두 온 황금 들판처럼
꽉 차던 사랑아,

한옥지붕 위에서 흔들리는 나뭇잎이
달빛에 비추이듯 달콤하고 쓸쓸한
사랑아,

가을이 가는 늦가을 들판처럼
흰 눈 덮고 있는 겨울 들판처럼
선선한 사랑아,

부득불不得不

구름 속에 묻힌 보름 달빛으로 왔어요
홍화 물들인 내 붉은 치마에 뛰어 내렸어요
당신은 구름 속에 나를 담고 살포시 담장을 넘으셨어요
부득불, 이제 어쩌지 못합니다

보름 둥근 길 끝마다 퍼지는 흰 빛을
당신 몸으로 막아 어둠만 남기시더니
훌쩍 넘은 저 담장 아래서는 달과 함께
나를 가뿐히 풀어 놓으신 그 밤을 이제 저는
부득불, 어쩌지 못합니다

저는 보았거든요 담장을 훌쩍 넘을 때
그 유연한 허리를 물들이던 달빛의 황홀을 선명히 보았으니
이제 저는 부득불, 더는 어쩌지 못합니다

당신을 기껍게 따라 나섭니다.

붉은 마음

어느 이른 아침
벽에는 실금이 가고 녹슨 철대문 앞에
밤새 붉은 꽃이 피었어요

무슨 꽃인지는 모르겠더라고요
밤새 당신이 피우신 것이라고
믿기로 하는 내 마음조차 모르겠더라고요
꽃 앞에 쪼그리고 앉아 찔끔찔끔
물을 주다 훅 눈물이 떨어졌어요
왜 그러는 건지 모르겠더라고요

아홍심我紅心, 불러보아요
꽃의 이름을 그렇게 붙여 주었어요

나의 붉은 마음을 모르겠더라고요
천둥치는 붉은 내 마음을
그가 왜 모르는지 진정 모르겠더라고요.

숨은 길

화순에 은곡리隱谷里라고 있어요
고개 너머
고개 넘어
산 속에 숨어 있는 골짜기를 넘어
당신에게 가는 길이라고 하죠

어느 봄밤 그 길을 당신과 걸었어요
달빛처럼 쏟아지는 벚꽃 길 걷다
놓친 그 손이 영 돌아오지 않아요

잎사귀 무성하면 오실까 했습니다
벚 잎 단풍 들면 오려나 했습니다
흰 눈처럼 펄펄 날아 오실 테지요
당신은 구비구비 숨은 골짜기 말고
깊고 깊은 산속 작은 동네 길 말고
내 안의 숨은 길 따라 직진으로 오세요.

찬비

구중궁궐 아씨
한복 치마 끌며 몇 날을 서성이던 발길
끝내 감추지 못하고
담장 밖으로 고개를 내밀었다
뜨거운 햇살도 무섭지 않다
온 몸 펼쳐 기다림을 알리건만

이제나 오시는지요
오늘은 오시려나요

차가운 빗줄기만이 후두두둑 소리치며
흥건한 눈물로 젖게 하는 야속함이라니

귀 멀고 눈 멀어도 끌어안는 소화의 그리움은
뜨거운 햇살도 말리지 못할 지병이었다

내 님 아니시거든
이 몸 만지지 마라
그 님 아니시거든
내 마음 탐하지 마라

담 밖으로 내민 얼굴 거두고 온 몸 앓다
찬비에 송두리째 지고 마는 소화 아씨

살핌 없는 님을 향한 지순한 연정이
한여름 장맛비에 속절없이 가는구나.

당신 생각

당신을 생각하면 혀에서 새순이 돋는 듯 간지럽습니다
제가 당신이라는 씨앗을 품고 있는 거지요

어떻게 오시든
어디를 에돌다 무엇으로 오시든
당신이 오시기만 하면 단박에 알아보겠습니다

아직 오지 않은 당신이 이제야 와도 괜찮습니다
얼마든지 기다릴 자신이 있습니다
어떻게든 어디서든 당신은 오시기만 하면 됩니다

내가 다 알아보겠습니다.

쇄골

내가 특별히 좋아하는 당신의 뼈는
오른쪽 뺨에서 살짝 미끌려 내려와
목을 타면 만나는 웅덩이입니다

그곳은 가을 해질녘 같은 쓸쓸이 모여 살지만
어떤 날은 깊은 평화에 들기도 합니다
대개의 날에 나는 당신의 웅덩이를
술잔으로 사용합니다
바닥까지 마시고도 한 방울쯤 더,
혀로 끝내 남김없이 핥습니다
가슴을 달구기도 튕기기도 합니다
어디 그뿐입니까
어깨도 으쓱하게 해 줄 마땅한 당신입니다
굽었으나 부드러운 선을 손가락으로 따라가면
둥글게 어깨를 안고 있는 당신을 만납니다
왔던 길을 돌아가라는 이정표를 따라 걸으며
나를 지탱케 하시는 당신에게 갑니다

우리, 거기서 만날까요?

그것이 정녕 사랑이라면

사랑이라는 것은 정녕 그런 것인가요
언제인가는 반드시 오고야 마는 것인가요
더디게라도 천천히라도 꼭 와서
이미 말라 서걱대는 곳에 맞닿아
한번쯤 출렁이자고 간지르는 것인가요

그런 거라면 그것이 정녕 사랑이라면
기필코, 반드시 오고야마는 것이라면
아니라 한들, 잘못 왔다 가라한들
오지마라 보내려 한들 사그라지겠는가요

그것이 무엇으로 오시든…

내 마음에 은밀한 비로 오려거든
사방천지 춤추며 눈발로 오려거든
봄날 나른한 햇살로 오려거든
골골이 소리 내며 천둥으로 오려거든
절대로 오시지 말고

벼락 맞아 쓰러진 천년 은행나무로 와서
베개 속 부적으로나

혹여 장롱 속에서, 차 안에서
혹은 더 운 좋게 그의 주머니 속에서
날마다 손길 받는 만남으로나 오소서
그도 아니시거든
온몸 번개 맞은 대추나무가 되어
시커멓게 타서라도 그의 목에 걸리는
행운의 나무 한쪽으로 거침없이 오소서
그것이 정녕 사랑이라면…….

3부

옛 편지

게으른 소

지금은 멈춘 정미소 앞 파란 대문 집 넓은 마당 이야기야
한때 나는 그곳에서 별들과 산 적이 있단다

봄에는 민들레, 여름에는 개망초 질서 없이 자라고
능소화가 담벼락을 타고 걸터앉아 길게 수다 떠는 곳이지
가을에는 내 키만 한 강아지풀들이
어둠이 내려올 때까지 한량없이 춤을 추고
감나무 두 그루와 대추나무 한 그루
삼 남매처럼 정다운 곳이었지

때 되면 피고 지는 매화나무가
담을 지키는 마당을 지나 파란 대문을 열고 나가면
담 뽀짝으로 흰 접시꽃이 피기도 했어
그 곳을 지나 왼쪽 골목으로 접어들면
텃밭에 도라지가 무성히 피어있는 초록 지붕이
이 마을의 작은 교회란다

일요일이면, 몇 안 되는 아이들에게 동화를 들려주고
해지는 저녁에는 당산나무 아래를 이리 저리 기웃대다
일에 치인 동네 어른들의 야단을 웃음으로 때우고
그도 민망하면 머리 긁적이며

'커피 타다 드려요?' 눈웃음 짓기도 했지
나는 동네 제일가는 게으른 소로 마을의 눈총감이었어

때로 비 오는 날 부추나 감자전을 짓고 냉 막걸리 준비해
마을회관에 내가고 시원한 수박 썰어가는
이쁜 짓 하며 기필코 쫓겨나지 않고
알뜰히 살아가려 했는데 말이야
별이 와르르 지던 그 마당에 지금 누가 살고 있을까?

굽은 허리에 걸린 사랑

화순 임곡 정미소 앞 파란 대문 집에는
구름이 새털 되어 오는 마당에서 분홍 수건 깔고 앉아
차근히 마당 네 귀를 돌아보는
늙은 아내의 사랑이 있단 말이에요

왼쪽 돌담으로 감나무와 은행나무
길가로는 마법에 걸린 대추나무와 오동나무가
서로를 향해 몸을 부비고 있는 그 마당에서
물끄러미 바라보는 그녀와 눈이 마주쳤을 때 말이에요

손길에 닳아버린 지팡이 짚고 그녀가
그녀의 당신과 집을 들고 나며
까만 손가방에도 괴춤에도
때로는 대문 귀퉁이 비밀장소에 잘 숨겨두곤 했을 쇠때*를
지금은 그녀의 꼬부라진 허리에 담고 산다고
구름에게 귓속말을 들었단 말이에요

끝없이 연모했는데, 사무치게 사랑했는데
아무 증표도 없이 훌쩍 떠난 그녀의 당신을
그렇게 허리에 걸쳐 두었노라고 말이에요

생각만으로 좋은 때를 돌아보라는 건 너무나 가혹한 일이기에
초야 후, 사흘 만에 그에게 받은 쇠때들은
이제 어느 구멍에도 맞는 게 없어 아무 짝에도 쓸모없건만
짱짱한 조선의 무명실에 묶인 채
그녀의 괴춤에서 오십 년을 동거했다고 말이에요

낮에는 굽은 허리 어디쯤에서
힘 빠져버린 주름진 살을 아무도 몰래 부비며 다니다가
밤이면 방바닥에 내려질 때까지 연정을 품고 있는
그녀의 뜨거운 그 쇠때 말이에요.

* 쇠때 : 열쇠의 방언.

환벽당 할머니의 봄

깊숙한 봄 환벽당* 매화 향 분분할 때면
마당에 노란 수선화가 피고요
늦은 봄 할머니 장꽝 옆 텃밭에는
쪼끄만 항아리 같은 작약 꽃이 피어요

장에 다녀오시던 할머니
환벽당 마당 건너다
수선화, 매화에 무릎 꿇은 나를 보고
– 참 이쁘제? 많이 찍소
어깨선심** 해주시며
총총히 나무 대문 들어서시려다
해우소 앞 산수유 옆에서
허리 쭉 펴고 그와 눈맞춤을 하시네요

환벽매 향 깊어질 때면
정자에 무연히 앉아도 계시고
마당을 빙 돌아 연기 끊긴 허당 굴뚝도 내다보며
아무도 없는 환벽당을 일일이 단속하세요

텃밭 고들빼기가 민들레랑 노는 봄밤이면
할아버지가 가져다 심었다는 마당 끝

휜칠한 모과나무가 할머니를 향해 꽃 피우는 봄밤에는
박하사탕만이 그녀의 마른 입 속을 달래고 있어요.

* 환벽당 : 광주시 북구 충효동 387 담양 지실마을.
** 어깨선심 : 흐뭇하고 다정한 마음을 어깨 짓으로 보여주는 모습.

거울

공동 수도가 있는 마당 넓은 집에는
수돗가를 덮는 양철지붕의 나무 기둥이 있다
그 기둥에 흐릿한 직사각형 거울이
검정 고무줄에 매달려 있다

날마다 그곳을 지나는 다섯 셋방 사람들은
모두 키를 살짝 수그리거나
꼽발을 들어 머리를 매만지고 목선을 가다듬기도 했다
웃방 언니는 빨간 배니를 바르고
위아래 입술을 문지르기도 내밀기도 했다

어린 나는 그들의 세계가 궁금했지만
그 세계는 아무래도 갈 수 없는 나라였다

지금 내게
작은 한지 거울 하나 있어서
허리를 낮추거나 꼽발 들 필요 없이
손바닥 펴서 얼굴 보이면 된다

그 거울을 남기고 별이 되어
오래 돌아오지 않은 언니를 기다리며

하루에도 몇 번 거울에게 묻는다
– 거울아거울아, 어디만큼 왔니?
– 당당 멀었다 당당 멀었다

왕비의 거울처럼 거짓말을 못하는 내 거울.

하필

한번은 혼자 장보러 갔다가
옥수수와 고구마 좋아하는 단이 생각에 솔찬히 사왔다
좋아하는 것을 갖다 줄 생각에 꿀물이 나게 즐거웠다
잘 익었나 고구마 한 입 맛보는 그 순간
단이가 쌔애애앰 부르며 들어오는 거다 하필

'단아, 내가 시방 너 주려고…'
말이 나오기도 전에 폭풍 같은 핀잔이 쏟아진다
'딱 걸렸다요 쌤, 어쩐지 혼자 장에 가더니
내가 옥수수랑 고구마, 그리 좋아한 줄 알믄서
혼자만 드실라고 그런 거여요 시방?'
'아니, 그게 아니고 그러니까,
그래서 내가 너에게 갖고 가려고 지금 막
그런데 하필,
하필 이 순간 니가 올 게 뭐냐고'

지은 죄도 없이 자꾸만 딸꾹질은 왜 나오고
말은 또 왜 더듬는 건지, 하필

잘 쪄진 고구마 바구니 들고
실실 웃는 단이 뒤로 지는 해도 자지러진다

고구마 한 입 베어 물던 단이 말이 찐 고구마처럼 모락댄다

'겁나 달고 맛있다요
쌤은, 굴뚝에 밥 짓는 연기 오르는 저녁 같아'

딸꾹질이 멈추었다.

엄마 미용실

우리 엄마 단골 미용실은 그 이름도 유명한 프랑스 미용실이다
삼각 김밥 같은 구조로 좁고 불편하나 다정함이 모든 걸 이겨낸다

얼핏 보기에 시골 다방 같기도
파리 날리는 동네 점빵 같기도 한
팍팍한 미닫이문이 달린 허름한 미용실
안이 보이지 않는 붉은 바탕에
커다란 장미나 동백꽃이 그려진 썬팅지가 응큼스럽기도 하다
허리 굽혀 힘들게 문을 열라치면
얼른 안에서 맞잡아 거들어주는 그 곳
의자고 세면대고 어느 자취방처럼 좁게 자리한 곳에는
똑같이 라면 파마하는 어르신들이 주름과 함께 담소하다가도
들어서는 사람 찬찬히 보다 묻는 그 곳
– 인자 이사 왔소?

다정히 웃음 받으며 답하고 싶은 그 곳
– 우리 엄마 오셨어요?
– 저녁은 맛있게 드셨어요?

샴푸고 린스고 도끼 빗조차 사람의 사람의 때가 쌓여
눈을 휘릭 돌리게 하는 그 곳엔

파마머리 촌스러운 나이 든 미용사가
연탄불처럼 웃으며 다정도 병이다

마음 허한 날 나는
뽀글이 파마하는 엄마 미용실에 간다.

옛 편지

시도 때도 없이 한복 입기를 좋아하는 여섯 살 나는
오빠를 졸졸 따라 다녀요
오빠, 얼른 가자
얼른 가자, 오빠야
어디를 가는지 나도 오빠도 모릅니다
옷자락을 늘어지게 잡고 무조건 조릅니다
기차에서 태어난 오빠는
말이 되든 안 되든 그런 나를 따라옵니다
감자도 까주고 업어도 주고 노래도 불러 줍니다
지난봄에 가족이 된 메리메어리와 우리는
광주천에 토끼풀도 뜯고 뒷동산에도 갑니다
앞뒤꼭지가 투둑 튀어나온 나는
하품을 하다가도 오빠야, 자다 깨어도 오빠야 부릅니다
드뎌 국민학생이 된 내가 운동장에서
오빠를 만나게라도 하면 그날은 둘 다 공부도 그만입니다
오빠 손을 잡고 막무가내로 교실까지 따라가
꼼짝없이 곁을 떠나지 않습니다
우리 선생님도 오빠 선생님도
그런 나를 가만히 두는 게 상책임을 압니다
내 가방까지 들고 집까지 오는 길에
메리메어리를 만나면 셋은 광주천으로 갑니다

오빠 생일 선물로 받은 회색 토끼 앙고라는
또 새끼를 낳아 자꾸만 토끼풀이 필요합니다
오빠 가방엔 늘 쌀 푸대가 있으니 염려 없습니다
가다 붕어빵만 먹게 된다면 그날은 운수 좋은 날입니다
토끼풀을 꼬물꼬물 뜯으며
우리 오빠 말 타고 서울 가아실 때
오빠생각을 부르면 오빠는 내 머리를 쓰다듬으며 웃습니다
기차 오빠는 겨우 두 살 위입니다.

사랑의 화석

나는 내 나이 아홉 살 때
할머니와 기호식품이 같다는 것을 알았다
몹시도 더운 여름이었지
마실 나갔던 할머니가 대문 밖에서부터 야야, 하고
숨이 차게 부르며 들어왔다
얼굴엔 땀과 웃음이 가득 버무려지고
반짝이는 두 눈으로는 나를 찾느라 바빴다
허리춤 뒤로 감추었던 손을 내 눈 앞으로 끌어내서는
꼭 쥐어져 있던 가제수건을 조심스레 펼쳤다
— 야야 잘 봐 봐라, 너 혼자 먹어야 한다잉
놀랍게도 펼쳐진 가제수건에는
한입 베어 먹다 둘둘 싸들고 온 께끼가
뼈만 남기며 막 사라지던 참이었다
한입 베어 물고 남긴 시원하고 달콤한 께끼는 어디로 갔을까
유난히도 옴팍한 할미의 눈에는
소나기라도 쏟아질 듯 순간 그렁그렁하다
아마도 사랑은 아이스께끼의 남은 막대나
달콤하게 젖은 가제수건일 것이다
한번 베어 먹은 이빨자국이 어딘가 있을 거다
내 손등을, 내 뺨을, 내 심장을
물고 핥고 새긴 자국으로 남아 있을 거다

나무 뼈와 단물이 남긴 사랑의 흔적
사랑의 화석 말이다.

돌배 또는, 독배

앞뒤꼭지 삼천리라 하며 툭 불거진
딸의 이마와 뒤통수를 사랑하던 아빠가 있었다네

눈 크기가 달라 짝눈이라 다들 놀릴 때도
윙크하는 아이라 기특해 하던 아빠가 있었다네
외꺼풀의 아이는 촌스러운 2층 단발머리를 하는데도
꼭 아빠 따라 이발소에서 한다고
온 동네 자랑하는 아빠가 있었다네
사내아이 같은 그 머리를 하고
커피 한 잔*을 그리도 잘 부른다고
오래오래 무용담처럼 목청 높여주던 아빠가 있었다네

투둑 튀어나온 이마를 보고
어른들은 아이에게 돌배라 했다네
돌배 또는 독배라고 불렀다네
그때마다 아이는 악을 쓰고 울었다네

어릴 때 징그럽던 것들이
징글거리게 싫었던 것들이
불쑥 고맙고 그리워지는 것을 설명할 길 없다 해도
해질녘처럼 저벅저벅 걸어오는

지난 일들은 다정도 했다고 착각을 일으킨다네
때때로 혹은 간혹 보다 잦게 찾아드는
모든 것을 사랑이라고 한다면
아이는 지금 돌배, 독배에 방점을 찍고 있다네.

* 펄 시스터즈의 1968년 가요.

풀약 쳐줄게

드뎌 파란 대문을 밀고 들어섭니다
할매보다 더 먼저 보이는 양철 분무기통과
파란 고무 슬리퍼에 빨간 보자기를 쓴 밑으로
얼깃얼깃 흰머리가 서붓서붓 기웃댑니다

풀약 남았응게 화단에 약 쳐주께 잉
하이고 엄니, 괜찮은디요
제가 싸목싸목 뽑을게요
날 뜨겅게 내가 휘익 금새 뿌려줄게
오메, 심등게 안그러셔도 되어요
이 까징게 모가 심들당가 일도 아녀
약이 남아서 그래 암시랑토 안해
거 시원한 박카스나 한 병 까주소
죄송해서 어쩌까요 고오맙습니다
약이 남아서 근당게 어여 일 봐

날만큼이나 뜨거운 할매 인심에
개망초 하얀 별이 내 안에 무더기로 뜹니다.

4부

시
의

신
발

어쩌면

어쩌면 사진관의 흑백 사진 한 장 오래 간직해 두려고 합니다
먼먼 눈길이 하도나 아득하여서 서글프게 안스러워서
무조건 다독대고 싶은 무연한 눈길 하나쯤 담아 두려 합니다
그 눈길이 서걱거려 마음에 들지는 않으나
속은 어쩌면 말랑말랑 할 그를 멀리서든, 가까이서든
우물처럼 깊어 웅숭거리든
말라버린 수도꼭지처럼 관계가 빡빡하든

어느 날 가로등 아래서 시를 읽어주던
사진관 안 빛바랜 사진 한 장을
멀고 먼 일처럼 의미 없이라도 기억하려 합니다

그 눈길을 뭐라 표현할 수 없을 때
뭐라 정의 내리지 못할 때
내 귀에 대고 훌륭한 사람이 꼭 되겠다던 맹세 하나를
늦둥이 키우듯 염려와 애정의 시선으로
마음 기울기로 삼으려 합니다

어쩌면 그것이 내 시가 가는 길이니
어쩌지 못할 모양입니다.

시의 신발

무언가 뭉텅뭉텅 빠져나간 자리를
그냥 터엉 빈 채로 두어도 소리 없이
살고 있네 시의 신발로 나는

황량한 바람이 종일 불어서
무엇 하나 붙들지 않고도 떠나가는 것들을
고요히 바라볼 수 있게 되었네 시의 신발이 있어

아무 것도 못하고 있는, 못할 것 같은
한 줄 시로도 나머지 생을 너끈히
견딜 수 있게 되었네 시의 신발을 신어

시의 신발을 신고
그런 세월의 강을 기꺼이 건너고 있네 나는.

그랬으면 좋겠습니다

어떤 날은 내가 황토방이 되었으면 좋겠습니다. 모처럼 일감 놓고 둘레둘레 모여앉아 50원짜리 민화투 치는 아랫목 지글대는 사랑방이 되었으면 좋겠습니다. 오래 전에 혼자 된 탱자나무 울타리 집 미자 이모가 허리 수술해서 걸음조차 힘겨운디 포도시 건너와서 와자한 소리들 틈에 끼여 허리 지지고 누울 수 있는 시골회관 황토 구들방이었으면 좋겠습니다. 그러다가 어느 봄날은 작약 흐드러지게 피는 꽃밭도 되었으면 좋겠습니다.

한철 꽃 피어나고 지다 가을이 오면 동네 사람 모두 모여 운동회하는 시끌시끌 와자와자 소학교의 운동장도 되고 싶습니다. 그 운동장에 동네 어르신들 다 모여 알밤도 까먹고 달걀도 서로 내놓는 날, 아이스케키 통도 오고 솜사탕 구르마도 들어오는 가을 운동회 날의 운동장은 생각만 해도 맛있고 흥이 넘칩니다. 달리기하다 넘어져 우는 코흘리개 철민이를 보고 철민이 엄마가 "아이고, 내 강아지" 놀라 달려와 눈물 콧물을 손으로 닦아 자신의 옷에 쓰윽 닦고 엉덩이 때리며 홧팅을 외쳐주는 곳, 만국기 펄럭이는 바로 그 운동장이었으면 좋겠습니다. 소매에 눈물 닦고 다시 달려가는 1학년 철민이가 골인 선에서 공책 한 권 받고 웃으며 엄마~를 부르는 그런 곳이고 싶습니다.

그러다가 푸른 파도 넘실대는 바다도 되고 자작나무 빼곡한 숲도 되고 바스락 소리 나는 낙엽 길도 되고 버글버글 사람 모여드는 단팥죽 파는 시장도 되었으면, 그랬으면 좋겠습니다.

어떤 이에게는 부푼 사랑으로
어떤 이에게는 무지개 음악으로
가난한 시인의 시집이 되어 풀 죽은 소녀에게
위로가 되고 힘이 되었으면 참으로 좋겠습니다
손깍지 낀 다정한 연인으로
오순도순 살가운 가족의 따순 손길로
엄마의 푹한 가슴으로

내가 그대에게 그랬으면 참 좋겠습니다.

손수레

스승님이 계단을 두어 칸 앞서 오르시며
시를 말하신다
한쪽으로 쏠린 몸이 귀의 간격을 지키느라 뒤뚱한다
턱턱 급한 숨소리 앞 귀에 새었는지
다리쉼을 하듯 멈추곤 하신다

그러다 뒷짐 진 손이
아래 계단으로 내려온다
ㅡ 내 손수레를 잡거라
염치없는 뒷손이 수레의 손을 잡고
순한 숨으로 따르니 시 한 구절 읊으신다
ㅡ 독해져라독해져라 그래야 시가 산다

스승님, 아직도 제 길이 멀었습니다.

시와 쌀

하늘에서 유배된 자의 벌은
평생 가슴이 고픈 일
시인은 시를 팔아 쌀을 사고
전생에 그녀의 벌은
평생 배가 고픈 일
그녀는 몸을 팔아 쌀을 산다

– 나 먹을 쌀은 내가 폴아
돌아앉은 하류 노인의
안구건조증 같은 모래알 구르는 소리

시와 쌀, 시인과 그녀
그들에게도 남모르는 사연이 있을 테지
그래서 그녀는
평생 스스로 먹을 쌀을 사야 했고
그래서 시인은
찬란한 날에도 눈물로 시를 쓰겠지

시 한 편과 늙은 여자의 몸값이
수평을 이룬다.

눈 오는 밤에

펑펑 눈 나리는 밤
백석과 송수권 시인을 생각한다
나와 나타샤와 흰 당나귀의 방울 소리를 들으며
나는 백석이 못내 기다렸던 나타샤와 소주를 마신다

어느 고샅길에 자꾸만 눈이 나리고
낯선 거집의 발자국에
동네 개 컹컹 짖는 소리를 들으며
함박눈 내리는 가로등 아래서
나는 송수권을 그리워하며 담배를 핀다

백석과 송수권
그들은 어느 하늘에서 이토록 따뜻한 눈을 뿌리시는가
백석은 소주를 마시고 송수권은 담배를 피우고 있는가

그들은 어느 지점에서 만나
이 지상의 낮고 외롭고 쓸쓸하여 아름다운
시인의 눈물을 이야기 하시는가

눈은 펑펑 오시는데
나는 백석과 송수권의 시집을 안고 고즈곤히 눕는다.

허기

삐투름히 본뜨기
반듯하지 못한 가위선에 홈질을 합니다
아무리 애써 눈을 맞추고 힘을 주어도
엉성엉성 틈새 헐렁한 시침질
이걸 어쩌지요
맞대고 부비고 포개고 안으며
간절한 박음질로 포도시 막지만 여전히 술술 흘러 버립니다
놀란 눈이 이리저리 밀어 넣어
공그르기로 어설프게 마무리 합니다

삶은 여적지 자꾸만 흘러나가고 새서
돌아서면 허천나고 허기집니다
기워도기워도 다 기워지지 않습니다

지금도 나는 자꾸만 배가 고픕니다.

그러네, 정말

오래된 이발소 달력의 한 장면 같은 표정이네
무언가가 한 뭉텅이나 몸 안에서
빠져버린 서늘한 기운이기도 해
그러네, 정말

무어라 많이도 이미 중얼거려서
헐렁해진 달그락 때문이겠지
우원한 곳을 꿈꾸는 일은
늘 가까운 상처를 동반하고는 하였지
그러네, 정말

그래도 나는 언제나
작고 하찮은 풍경에 눈이 머물고는 하여서
내가 쓰는 시는
분명 큰일을 내기에는 터무니없이 역부족인지도 몰라
그러네, 정말

그래도 바뀌거나 바꾸지는 않을 것.

홀로 시詩, 아리랑

시를 쓰다가
불연 사랑할 사람을 만난다
불쑥 그리운 사람을 만난다
돌연 헤어질 사람을 찾는다

시가 그래서 고맙지
사랑하는 사람이 없어도
홀로 사랑해서 행복하고
사랑해주는 사람이 없어도
홀로 기다리며 서럽고
헤어질 사람 없어도
홀로 이별하며 아플 수 있는 시

하여 내가 사랑을
시를 영영 떠나지 못 할 테니 고마운 거지
어느 한 쪽 부족하고 허방해도
시의 자음에 몸을 의지하고
시의 모음에 마음을 기대니 기꺼운 거지.

당신의 시집

당신의 시집이었으면 좋겠네
백번도 더 보아서 겉이 나달나달 닳아진
당신이 가장 사랑하는 시집이었으면 좋겠네
시를 품으면서부터 한 번도 손에서 떠나 본 적 없는
때때로 품에 안겨 잠들기도 하고
호주머니에 들어가 당신의 손길 닿는 그런 시집이었으면 좋겠네
눈 뜨자마자 손길 언저리에 있는
가슴 위에 가만히 얹어 놓고 쓰다듬다 소르르 잠드는
그런 시집이었으면 나는 좋겠네

나, 당신이 아끼고 만지는
윤동주의 백석의 김춘수의 청록파의 시집이었으면 좋겠네
어느새 당신의 가방에 들어가 있는
평전 송수권의 시집이었으면 나는나는 좋겠네.

오징어 먹물로 시를 쓴다

아버지를 닮아 일찍 시작한 새치머리

자산이 살았던 흑산도 바닷가로 염색을 하러 간다
검은 큰 물고기가 아가리를 벌린 흑산도에서
흰 머리에 가닥가닥 오징어 먹물로 시를 쓴다
머리카락 한 올마다 시를 새긴다

오징어 먹물로 쓴 시는 일 년쯤 지나면
그 글씨 사라지고 말테지만
그러면 나는
이백 년 전 정약전과 흑산도 소년 장창대가 놀던
그 바닷물에 빠질 테야
새치머리에 시가 빽빽이 되살아나
오징어 먹물 빛이 살아날 때까지 허우적댈 거야
내 머리카락 올올이
까만 시가 보일 때까지 허우적거릴 거야

아버지는 흰 머리에 무얼 쓰셨을까
지금 나는
오징어 먹물로 시를 쓴다.

옛집에서

저마다 옛길 하나쯤 있다
시골길, 돌담길, 산길, 바닷길
저마다 마음에 오래된 길 하나 있다

어린 내가 놀던 흙마당
해거름이 쉬던 그루터기
그네 줄 대롱대던 동네 어귀 팽나무
부둥켜안고 광내던 대청마루 기둥
노래 부르며 뒹굴던 옛집 마루가 내 안에 있다

그 길 따라 옛집을 향해 걸으며
그때의 다정한 이야기와 고른 숨결, 낯익은 목소리를 기억한다

오늘
햇살 들이부어도 피할 길 없는
논두렁 밭두렁을 지나
낮은 천장 옛집에 짐을 부린다

파일로트 잉크 넣어 쓰는 만년필
두껍고 허름한 공책이 가지런히 놓인
닳아 반질대는 앉은뱅이책상에

바짝 당겨 앉는다
이제 나는
논두렁을 데우는 여름 햇살보다
더 뜨거운 시를 쓰리라.

5부

정인이 정인에게

대바구니의 일

나는 곽성숙이랍니다
누구도 무엇이 되고 싶냐고 묻지 않을 때 일이예요

찐 고구마를 넣어주면 동네 회관에 가져 갈 거야
얼기설기 인절미를 넣어주면 친구들과 맛있게 먹을게
상추를 씻어 넣어줘 고추를 올려 된장에 싸 먹을 테니
밤을 쪄서 담아줘 밤 좋아했던 언니 산소에 들고 갈래
찐 달걀을 올려줘 둥글둥글 서로의 온기를 느낄 테니

이런,
성긴 대바구니가 되고 싶었어요.

히든 카드

사랑한다 쑤기야,
아무데서나 수시로 고백을 남발하는
대책없는 차꽃님 앞길이 찬란하시기를 기도합니다
햇빛 드는 가을날의 창가처럼
내내 평안하고 게으르시길 빕니다
사랑이 떠난 후의 차꽃님 쓸쓸을
커피 505잔과 달달한 오카리나 연주와
세상에 단 하나의 책갈피로 위로합니다

딱풀처럼, 상비약처럼 저를 쓰세요.

정인이 정인에게

서로 마음에 둔 이를 정인이라 부른다
그대는 정녕 정인을 품었는가?

나는 애정인情人과 고정인定人을
모두 정인이라 부르기로 했다
나를 사랑해주고 아끼는 마음이 모여
끝없는 염려와 응원으로 바라보는
뜨거운 눈길을 정인이라 하겠다

그 어떤 부름이 이보다 깊고 뜨겁겠는가
애초에 정인의 온도는 스스로 사랑이 되어
지글지글 후덕후덕 타올라 식지 않는다면
그걸 분명 운명이라 해도 좋겠다

기실 사랑은 헤어날 수 없는 감옥이 아니던가
서로의 감옥에서 광복절 특사조차 받을 수 없는
죄질 높은 무기징역이 아니었나

당신은 나를
한순간도 사랑하지 않은 적이 없습니다.

늙은 우체부

어느 해 소설小雪
첫눈이 내리면 첫사랑과 만나기로 했다고
입버릇처럼 중얼대던 아버지가 하늘로 떠난 날
거짓말처럼 첫눈이 내렸다
아버지는 하모니카 부는 늙은 우체부였다
큰 가방을 짐받이 자전거 뒤에 싣고
하모니카를 불며 해질녘 논둑을 달리거나 자전거를 끌 때
늙은 우체부의 턱수염은 붉은 빛으로 물들기도 했다
염색 잘된 젊은이의 홍머릿결 같기도 했지

늙은 우체부
늙은, 이 붙어서
성스러워진 당신의 일
늙은 우체부
늙은 우체국
늙은 우체통

이처럼 다정하고 강직하고 성실한 말이 있을까
햇살처럼 순하고 환히 퍼지는 말

당신의 주름진 골골에
정인들이 틈 없이 걸어가고 있다.

봉투들의 사랑방

요양원에 가져갈 물건을 찾느라
어머니의 장롱을 뒤지락거린다
잘 정돈된 가방이며 필통, 다이어리
그 사이마다 봉투들이 함께 있다
연서처럼 곱고 책갈피처럼 이쁘다
어머니도 나처럼 봉투를 좋아하셨구나

어머니 자개농 작은 서랍에는
새 편지봉투, 헌 봉투들로 가득하다
어머니의 손길이 닿았던 봉투들

열매들은 이제 할머니를 이야기로 만진다
할머니 집은 따뜻해
할머니 노래는 개똥벌레야
할머니는 토요 명화를 좋아해
밑반찬도 다 맛있는 할매 밥상이야
우리 할매는
우리 할머니는
그러니까 할머니는
우리 할머니는 말이야

끝도 없이 할머니를 만지는 일은
장롱에 몸을 반쯤 묻고 이어진다
여러 모양의 봉투들이 사는 집에서.

옥이 이모

식구는 모여서 밥을 먹어야 한단다
식구는 둥근 밥상에 둘레둘레 앉아서
시끌시끌 밥을 먹어야 정이 자란단다

옥이 이모는 밥 때가 되면 서둘러 밥을 짓고
반찬을 만들어 두 집 건너 사는 우리 남매들을 부르셨단다
누구에게나 밥 주기 좋아하는 옥이 이모는
눈물이 많아 자주 훌쩍이는 걸 보았단다

양파 까다 울고 파 다듬다 울고
마늘 까다 울면서 다듬어 놓은 것으로
옥이 이모는 깻잎 반찬도 만들고 달걀말이도 하고
파김치도 담고 가지나물도 해서
따뜻한 밥 고봉으로 담아주신단다

어여 먹어라
어여 따뜻할 때 많이 먹어라
먹고 한 그릇 더 먹어라
우리 앞으로 밥그릇을 자꾸만 미신단다

옥이 이모, 옥이 이모

불러보면 보고픔이 자라는 말
옥이 이모, 옥이 이모
불러보면 배가 절로 부른 이름

옥이 이모, 밥 먹고 싶어요.

우리가 돌담 아니던가요

친구 집 들어가는 돌담을 걷다가
바람을 슝아주고 가는 길을 내어준다는 제주의 돌담은
바람의 길이라는 말이 생각났어요
제주 구럼비 마을에서 들은
파풍이라는 말도 떠올랐어요

파풍破風, 놀라운 말이 아니던가요
바람을 깨기 위해서 필요한 제주 돌들의 구멍
그런 바람의 길을 가슴에 몇 개씩은
품고 살아가는 우리들이 아니던가요

하나는 나를 위해
하나는 당신을 위해
하나는 못 견딜 이 삶을 위해

들어오는 문은 다 다른데
안에서는 드글거림이 같은 이들에게
들락대는 길을 두지 않고는 결코 견딜 수 없어
구멍 몇 개 뚫어놓고 살아가는 우리가 아니던가요

구멍 숭 뚫린 문을 두어

너를 받아들이기도 내보내기도 하면서 살아가는 것이
이 풍진 세상에서
진정 너를 사랑하는 돌담 같은 나 아니던가요?

뒷배 형님

나에겐 이래봬도 뒷배 형님이 있단다
봄열갈결을 무시로 다녀가시지
비가 오면 형님은 노래를 해 주신단다

그뿐만이 아니야

옥수수도 툭,
복숭아도 툭,
고구마도 툭,
어느 날은 시집도 커피도 찐 감자도 마루에 놓고 가시지

문자메시지
다.녀.간.다.

문을 열면, 부릉 소리가 먼저고
나, 간다아아가 울림으로 마당에 떨어지는
뒷배 형님의 넓은 목소리

문을 열면, 뒷배 형님은 안보이고
생 막걸리가 기꺼이 바람과 몸을 섞고 있고
어느 결혼식에서 받은 수건은 바람결에 놓여 있지

문을 열면, 망초다발도 살구도 물외도 놓여 있어

해질녘의 마루는
뒷배 형님의 온도로 해가 지고도 한참 뜨겁단다.

가늠의 거리

당신의 가늘고 긴 손가락을 기억할 때마다 거리를 생각합니다
당신은 손가락을 늘리며 말했어요
성인의 평균 뼘 길이는
큰 뼘은 20cm, 작은 뼘은 15cm야

당신을 멀리 보내고도 잠든 나를
소리 내어 웃는 나를
실어증에 걸리지 않는 나를
용서할 수 없습니다
미치지 않는 게 미친 짓입니다

배가 고프고 잠이 오고
불쾌하면 화가 나기도 합니다
아프지 않으려고 비릿하고 속을 후비는 약들을 찾아 먹고
혹독한 치료를 끽소리 없이 견딥니다
나는 참 악착같습니다

그러면서
그래서 나는, 내가
실어증에 걸리지 않아서
제 정신이어서

배가 고프고 잠이 와서
살아 견뎌내서 감동합니다
삶이 참 치사하고도 놀랍지요

심장을 누르는 아픔이 너무 무거워
슬픔을 슬쩍 내려두기도 합니다
슬픔에는 눈물의 무게가 얹어져 숨이 찹니다

당신과의 눈물의 거리
아픔의 거리
그리움의 거리는
몇 뼘쯤일까요

큰 뼘과 작은 뼘의 길이를 합친
손가늠의 거리 35cm
부디 거기만큼은 계세요.

엄마의 집

이웃 아짐이 포근포근 햇감자를 쪄오고
앞집 할매가 부추전에 막걸리를
들고 오는 엄마의 집

– 정자씨, 믹스 커피 한 잔 타주오
걸핏하면 차 주문을 하고
– 정자씨, 이쁜 컵에 시원한 물 한잔 주오
아무 때나 청하고
– 정자씨, 입맛 다시시오
박하사탕 껍질 벗겨 내밀며
– 정자씨, 한 개 더 주께롸?
싱겁게 물으며 주머니에 넣어주는

우리 엄마 정자씨,
봄처럼 하염없이 요란하셔야 해요

나는 해질녘 논둑에서
생고구마나 푸른 쪽 무를 깎아
생 막걸리나 한 잔 실없이 홀짝이며
어둑할 때까지 당신을 기다릴게요.

길갓집

지나는 사람들이 만만하게 들여다보는
무궁화 울타리 낮은 집에 살았다
해질녘 마루에 앉은 엄마는
한숨이 들락대는 바가지 옆에 끼고
새끼 마늘을 누런 양재기에서 까곤 했다

오른쪽 무너진 담 위에 까만 기와를 얹어
보수공사를 대신 했던 담장이
어설프게 모여 먼지를 마시곤 했다
어느 해 태풍에 와르르 주저앉자
엄마는 아 참 잘됐다며 성한 곳도 밀어내고 말았다
벽돌 대신 무궁화를 촘촘히 심었다

담장에 자리잡고 활짝 핀 무궁화는
길갓집을 건너보기 더 만만한 집으로 만들어
때때로 사진기들이 기웃기웃했다
여전히 마루에 앉은 엄마는
사진기의 물음에 이런저런 대답을 내주었다

어쩌면 쓸쓸만 감돌았을 해질녘이 그윽해지고
버석버석 마른 낙엽 같았던

엄마의 일상도 조금씩 촉촉해졌다

길갓집이어서.

수신호

문턱이나 바닥을 잇는 손으로
그들과 말하시는 무선통신사 우리 어머니
지금도 손끝으로 톡톡 톡톡톡 이야기 중이십니다
귀를 기울여 암호를 풀어 보려 합니다
하실 말씀이 있으셨던 겁니다
속에서 드글거리는 것을 꾹 누르느라
손끝으로 말씀을 내보내신 거지요
밑으로밑으로 쏟아지는 당신의 말
토독토독톡톡톡
모르스 부호 같은 당신의 말입니다
나 힘들다
나 외롭다
아가, 사랑한다
토도독토도독 도도도쓰
그 발신 포도시 해석하고 답신을
하려 하니 수취인 불명입니다

어머니, 당신의 주소는 어디입니까?

6부

드문드문

바람 냄새와 맛의 관계

바람의 냄새를 맛보고 싶다

3월, 는개 내리던 이른 아침 봄이 오는 흙냄새 속의 안개 맛일까?
5월, 늦은 밤 놀이터에서 맡던 아카시아 향일까?
8월, 염천에 내린 소낙비 뒤로 불어오던 산바람, 들바람 맛일까?
10월, 산에 가면 산꽃, 들에 가면 들꽃 맛일까?
11월, 늦가을, 비에 젖은 낙엽을 태우던 냉갈내 같을까?
12월, 이 산 저 산 구름 몰고 다니는
비 냄새일지도 모르겠어요

목욕을 막 끝낸 아이 비누 냄새
달리는 자전거에 스치는 매화 냄새
우리 엄니 쪼글이 젖 냄새
천장 높이 쌓아올린 헌책방 냄새

무엇보다 종일 굶은 내 앞에 스며드는 밥 냄새는 바람 맛일까?
연탄 위 솥에 밥물이 끓어오를 때
엄마의 잔기침과 밥물 넘치는 냄새는 또 얼마나 달큰한가요
그 밥솥 안에 소르르 익어 가는 달걀찜의 냄새란 바람 냄새
전신을 흔드는 그 냄새를
저는 지금 은밀하게 맛보는 중입니다.

2월

새끼손가락처럼 짧은 달
따지기*에 흙 향 풀 향이 풀려
마음 한 켠 잘 살아보자 추스르니
어느 결에 훅 지나가는
아쉽고 아까운 달 2월

봄이 가까워지고 있다고
서로서로 누군가의 사랑이니
아프지도 풀 죽지도 말자고
미리 부탁하는 겨울이고 봄인 2월.

* 이른 봄, 얼었던 흙이 풀리려고 할 즈음.

5월 잎사귀

잎사귀 사이로 오는 햇살이 나는 좋아
그 햇살에 투명해지는 환한 잎이 미치게 좋아
나무 냄새 나는 5월의 봄 햇살
잎과 잎이 사귀는 사이로 스며드는 수줍은 햇살

푸른 젊음처럼 감미롭고 환한 웃음
평화롭게 내려앉는 이 따뜻함을 연모해
다정한 오빠와 언니 같은 햇살
아이의 볼 같은 부드러운 미소
넓은 의자에 누워 올려다보는 잎사귀
그 사이의 햇살들은 친구처럼 편안해

햇살의 휴식은 평화롭고 다정해.

상강霜降

국화 향기 가득하다

국화주를 담아주랴
국화차로 주랴
베갯속에 넣어 품어주랴
콩 껍질 대궁 타닥타다닥
타는 노래 소리 들려주마
국화 꽃대궁 마르면
질화로에 산국향을 부려주마

서리 맞은 나의 호박아,
찬 서리 맞은 너의 감과 채소들아,
땅속 찾는 우리 벌레들아,
너희 모두 잘 있느냐.

시월

바람과 햇살에 뒤집히고 빛나는 시월은
와르르 소리 나는 젊음이 있다
혼자도 반짝반짝 빛나고 허무는 청춘이 있다

시월은
이별 뒤 혼자 걷는 무연한 발자국 소리가 아름답다
이유 없이 훅 터지는 눈물조차 아름답다
길을 걷다 푹 꼬구라져 패인 상처마저 아름답다

시월 속에는
감탄과 감동과 감사가 들어있다
절로 착해지는 시월은 모두를 위해 응원하고 순해진다
잘 살아라 아프지 마라 행복해라

시월은
십월이라고 쓰는 말보다 시스럽다
십월이 아니고 시월이라 소리하니
얼마나 욕심 없고 느슨한가

시월이라는 말
가을이 시무룩하지 않게 부드럽다

가을이 시건방지지 않게 친절하다
가을이 시시하지 않게 다채롭다

시월이란 말에는
산골짝에서 놀러 온 시냇물소리가
내 귀에 닿아 시원하다.

드문드문

기차를 탄다면
느릿느릿 간이역마다 정을 두고 가는 완행열차가 좋겠다
봄이 어디쯤 오고 겨울을 잘 지난 나무에 잎이 나고
꽃이 머물고를 보기도
철길 저 아랫길에 허리 반쯤 수그린 할매의
수줍은 걸음도 볼 수 있지 않겠는가

드문은 본시 드나드는 문일 것이고
드문드문은
객실과 열차 밖의 풍경에게
내 눈길이 그때마다 수시로 드나드는 창일 것이다

객실 안 사람들의 왕래도
봄을 캐는 유리창 너머의 까만 손때도
긴 해찰처럼 느리게 바라보며
나에게도 계절에게도 말을 걸어 안부를 전해도 좋을 것이다
드문드문, 드문드문.

바다 사진관

삶의 턱 앞에 바다 사진관이 있어요
축 낮은 사진관에는 젊은 어미의 흑백 사진이 있어요
아득히 바다로 향한 서리눈길을
뙤창 가는 빛이 일러주고 있어요
사륵거리는 염증도 함께 찍힌 바로 그, 사진 말이예요

그 눈길이 멀리서든, 가까이서든
우물처럼 깊어 웅숭거리든
말라버린 수도꼭지처럼 빡빡하든
어미의 고된 시간을 위로하게 해요

바다 사진관 안 빛바랜 사진 한 장
멀고 먼 일처럼
모든 설움이 모여 바다를 보고 있어요

그 눈길을 뭐라 표현할 수 없을 때도
그 마음을 뭐라 정의 내리지 못할 때도
바다 사진관에는 빛바랜 사진이 있었어요

어쩌면 이것이 내가 가는 길이기에
하냥* 있어야 하는 지점이기에.

* '늘'의 방언.

바다로 간 자전거

오늘 밤도
그 밤처럼 바다에는 비가 내린다
바다는 비 오는 검은 바다로 나간다
바다로 나가 영 아니 오는 사람이
우연한 음악처럼 돌아오길 기다린다

비 오면 어김없이 자전거를 타던 그 사람
우산도 없이 자전거를 타면서 기뻐하였다
— 바다야, 바다야, 비가 오시는구나
앞이 보이지 않는 그가 노래하듯 신나서 소리쳤다
바닷바람에 그을린 새까만 팔뚝
그 손에 붙잡힌 자전거 핸들은 유난히도 작아 보였다
한시도 놓지 않고 더듬던 그물코 꿰던 것을 밀쳐두고
자전거를 끌고 나오는 그의 얼굴은
햇살 같은 웃음이 넘쳤다

그 밤도 그랬다
— 바다야, 바다야, 비가 오시는구나
나는 멀리 멀리 가보고 싶다

커다란 웃음소리와 함께 '티잉'

페달이 체인에 걸리는 소리가 났다
그는 어김없이 바다로 나갔고
어쩐 일인지 아침이 되어도 돌아오지 않았다

오늘 밤도 그 밤처럼 비가 내린다
― 바다야, 바다야, 비가 오시는구나
어디에도 없는 아버지의 목소리가 세상 온 바다를 휘감는다.

― 바다야, 보이는 게 다가 아니야

갈매기의 노래

바다에 갔었지
이른 아침 바닷가 작은 바위섬에
갈매기들이 몸을 데우고 있어
그 은빛 깃털 위로 아침 햇살이 눈부시게
내려앉는 모습을 보았지
새벽까지 뒤척이다 멀리서
해가 뜰 무렵 잠이 소로로 오듯
그들이 바위섬에 앉아 살짝 졸 때

자장가를 불러주고 싶었어
그 때 바위섬에서 햇살처럼 물결처럼
소리가 퍼지는 거야 새들의 노래

새들은 서로에게 노래를 불러 주지
깃털을 부비며 그들만의 노래를
낮고 부드러운 새들의 노래는
등에서, 무릎에서 듣던
동그란 똬리를 튼 엄마의 자장가 같아

새의 노래는 햇살의 손을 잡고
바다 위를 날아

바람을 타고 내게로 왔어
내 머리를 흔들고 뺨을 쓰다듬고
어깨를 안은 갈매기의 노래는
바다에게 사랑을 전하는 그들의 인사란다.

바다 국수집

바다로 난 그 푸른 길 말이야
그 데크 길 따라 파란 지붕집이야
그리 물따라 쑤욱 가믄 돼
쭈욱 가믄 된당께
물 끝에 파란색 집
돌계단 몇 개 올라가는 왼쪽 집이여
길쭉한 나무에 '국수집' 써져 있어
잘 보고 들어가 있어 내 핑 갈테니
길을 일러 나를 앞서 보내고 이모는
물질하던 옷을 갈아입으러 바삐 돌아섰다
곧 뒤따라 갈 테니 멸치국수 시켜놓고
이모 메뉴가 바닷바람에 밀려온다
국수집, 나무 간판이 있고
두툼한 돌계단이 있고
파란 지붕 집이 있네 일러준 대로
이모 말은 하나 어기침이 없다

이 기시감은 뭘까
오래 전부터 그랬을 냄새, 물건, 계단
바다를 보고 있는 저 까만 물장화
한쪽은 북 같고 한쪽은 토끼 두 귀 같은 낡은 나무 숫돌집

이모부 꿰매시다 만 그물코
넘어진 바람 빠진 자전거
두툼한 돌계단을 오르니 헐렁한 나무문
삐끄덕, 바다를 향한 자리에 앉는다
멸치국수 두 개 주세요
국수집에 흐르는 일 포스티노 주제곡
노을이 창을 물들고 우리의 후루룩 소리
내 머리를 넘겨주는 이모의 붉은 손

바다 국수집은
언제인지 모르나 멀리 떠난 그녀와 왔을
두툼한 계단 밟고 언젠가는 다시 갈.

바람의 영혼

흐르고 떠도는 바람입니다
산비탈을 핥는 바람입니다

참새 혀 같은 푸른 잎
엄마 젖 같은 뽀얀 꽃
잎과 꽃을 핥는 허기진 바람입니다

산들바람, 하늬바람과 노니니
얼마나 축복입니까
빈번히 놀러오는 구름과의 재회는
얼마나 황홀한 기쁨입니까

때로 청보리 밭에 일렁이는 감미로운 명지바람으로
당당하게 장대비 몰고 다니는 구름 바람으로
은밀히 떠돌고 흐르는
마파람으로 출근하는 나는
얼마나 설레는 출렁임입니까

전생의 영혼을 휘휘 찾아가는 솔바람을
당신 이마에 동봉합니다

잠포록한 날에 저를 만나시거든
푸른 잎사귀와 붉은 꽃을 주십시오.

일상의 남루_{襤褸}를 풀어내는 무위_{無爲}의 시

나호열(문화평론가)

1.

곽성숙 시인의 『박공널의 시옷이 되어』 원고가 도착할 즈음, 우연하게도 두 편의 평론을 읽고 있었다. 「이제 시론을 갱신 할 때가 되었다」『예술가』, 김유중 2022년 봄호와 「한국시의 미래를 묻다」『시와 문화』, 박명순 2022년 봄호가 그것들인데, 다행스럽게도 그 글들은 시집 『박공널의 시옷이 되어』의 전모全貌와 의의意義를 살펴보는데 많은 도움을 주었다. 이 두 편의 글은 오늘의 한국 현대시의 양상을 살펴보고, 앞으로 바람직한 시의 진로를 진단하는 것으로서 마침 곽성숙 시인이 지향하는 시의 지형을 견주어보고 시집이 지니고 있는 독창성을 쉽게 찾아내는 출발점이 되었던 것이다. 이 두 편의 주장을 잠시 살펴보면 다음과 같다.

「이제 시론을 갱신 할 때가 되었다」에서 시의 기본적 정의는 "시란 민족어, 모국어의 미학적 자질을 발굴하고 포착하여 그 숨겨진 가능성을 최대한도로 끌어올리기 위한 작업"으로서 전통적 서정시의 개념으로 쉽게 이해할 수 있다. 이에 대한

반동으로 "시는 파편화된 시대현실의 반영이자 위기에 처한 자아내면의 비명일 뿐"이라는 최근의 탈 이성적, 해체적 문법에 기울어진 난해시를 대척점에 놓는다. 보편적 인간 정서의 불변不變함과 예술의 숙명이 새로움의 창조에 있음을 자각하는 그 사이에 놓여진 시대적 정황이 시의 정의를 되묻게 하는 단초임을 제시하고 있는 것이다.

우리에게 있어서 전통적 서정시의 핵심이 서구로부터 유입된 근대近代이념의 산물이라면 세계화로 일컬어지는 탈 경계의 시대에 돌입한 바로 지금의 상황을 '시인이 애매성을 추구하는 이유는 단적으로 말해 인생사가 복합적이고 애매하기 때문이다.'엄경희,「시인은 왜 애매하게 말하나」라는 말로 정리될 수 있다.

어찌 보면 서구西歐보다 더 서구화된 우리의 생활양식과 충돌하는 전통적 의식意識 ─ 유교문화나 농경사회의 공동체의 의식 ─ 과의 괴리와 혼란이 우리가 마주하고 있는 엄중한 현실이라고 말할 수 있는 것이다. 그러나 어찌되었든 본래부터 우리가 지니고 있는 서정적 자아가 오늘날의 파편화되고 부조리한 현실을 온전히 담아낼 수 없듯이 복잡하고 애매한 우리의 삶을 그려내는 시를 '자아내면의 비명'으로 치부하고 만다면 앞날을 예언하고, 오늘을 진단하며 관성을 깨뜨려야 하는 시인의 존재이유가 약화되는 국면을 맞이하게 될 것이다.

그래서 "개인적 감동과 공동체적 설득이 일치하는 지점을 찾아내는 것이 가치의 기준이 모호해지고 개별적 자아의 충돌이 빚어내는 혼란한 국면을 타개해 나가는 한국 현대시가 모색해 나가야 함"을 주장하는 「한국시의 미래를 묻다」의 논조는 전통 서정시의 정의에서 한 걸음 더 나아가서 한국의 현대시의 외연을 확장하는 출발점이 될지도 모를 일이다. 이와 같은 작금의 시를 둘러싼 개괄적 고민이 곽성숙 시인의 두 번째 시집인 『박공널의 시옷이 되어』에서는 어떻게 포용, 변용되어 있는지를 살펴보고자 한다.

2.

시집 『박공널의 시옷이 되어』의 특이함을 한자성어로 요약하면 시법詩法은 문장의 난삽한 비유를 배격하면서도 삶이 핵심을 겨누는 대교약졸大巧若拙「노자도덕경」 45장 참조을 취하면서 주제를 아우르는 소재가 평범하고 남루한 일상의 풍경이나 사물을 불러오고 있다는 점에서 검이불루儉而不陋「삼국사기 백제본기」 참조를 지향하며, 이로부터 출발한 시인의 세계관은 스스로 생겨나고 스스로 무너지는 무위자연無爲自然「노자도덕경」 48장 참조을 지나 아무 것에도 얽매이지 않는 자유 즉, 소요유逍遙遊「장자 내편」 참조를 향해 가는 것이다.

그리하여 궁극적인 곽성숙 시의 내면에는 가히 우주적 사랑이라 이야기할 수 있는 천성적 바탕이 ― 회사후소繪事後素「논어 팔일편八佾篇」 참조 ― 자리 잡고 있음을 알 수 있는 것이다.

3.

곽성숙 시인의 눈길은 무의식적으로 쓸모가 없어져서 잊혀지거나 사라져가는 풍경에 가닿는다. 시집의 표제시 이기도한 「박공널의 시옷이 되어」를 읽어보자. 박공널은 선암사 해우소 맞배지붕의 양쪽 끝에 ㅅ 모양으로 붙인 널빤지이다. 시인은 그 풍경 속에서 이야기를 불러내고 그 이야기의 주인공을 호명하면서 그동안 나누었던 인정을 되살린다. 이러한 방식은 여러 시편에서 보여지는데 「선자연이란 부채」 시에도 여실히 드러나고 있다. 선자연은 추녀 양 끝에 부채살처럼 건 서까래이다. 시인은 선자연을 보고 자리에 누워 선자연을 바라보았던 할아버지를 떠올리는 것이다. 「화사석에 꽃이 피어」에서는 개선사지 석등을 보고 애틋한 연정을 품은 여인의 기다림을 이끌어낸다. 야사리 은행나무「사랑이 울거든」나 은곡리와 같은 동네「숨은 길」, 심지어 쇄골이나 불편한 왼뺨「왼쪽에 대하여」까지 시인의 눈길이 닿는 곳에는 별 볼일 없는 이야기나 풍경조차도 마음이 따뜻해지는 마법이 펼쳐진다.

 필자는 그 느낌을 명랑한 슬픔이라고 명명한다. 사랑하는 사람과의 사별, 이루지 못하는 일방적 사랑, 늙고 쇠락해 가는 쓸쓸함에도 어김없이 드러나는 것이 명랑한 슬픔이며 이 명랑한 슬픔이 역설적으로 우리를 위무해 주는 것이다. 이와 같이 시집 『박공널의 시옷이 되어』은 현란한 수사修辭가 아니더라도 얼마든지 시의 위의를 즐길 수 있다는 징표를 보여주고 있다. 시 한 편을 읽어본다.

 친구 집 들어가는 돌담을 걷다가
 바람을 솎아주고 가는 길을 내어준다는 제주 돌담은
 바람의 길이라는 말이 생각났어요
 제주 구럼비 마을에서 들은
 파풍이라는 말도 떠올랐어요

 파풍破風, 놀라운 말이 아니던가요

바람을 깨기 위해서 필요한 제주 돌들의 구멍
그런 바람의 길을 가슴에 몇 개씩은
품고 살아가는 우리들이 아니던가요

하나는 나를 위해
하나는 당신을 위해
하나는 못 견딜 이 삶을 위해

들어오는 문은 다 다른데
안에서는 드글거림이 같은 이들에게
들락대는 길을 두지 않고는 결코 견딜 수 없어
구멍 몇 개 뚫어놓고 살아가는 우리가 아니던가요

구멍 숭 뚫린 문을 두어
너를 받아들이기도 내보내기도 하면서 살아가는 것이
이 풍진 세상에서
진정 너를 사랑하는 돌담 같은 나 아니던가요?

　　　　　　　– 「우리가 돌담 아니던가요」 전문

　곽성숙 시는 억지스럽지 않고 과다한 추리를 요구하지 않는다. 자연스런 연상聯想이 마치 마주 앉아 대화를 나누는 듯, 유려하게 흘러간다.
　돌담은 외떨어진 섬이나 해안가, 내륙의 마을에서도 볼 수 있는 집과 집 사이의 경계석이다. 동시에 거센 바람을 막아주는 바람막이 역할도 하는 것이 돌담이다. 제주의 올레가 그러하다. 시인은 그 돌담 사이에 난 구멍을 제주 섬에서는 파풍破風이라 부른다는 것을 상기한다. 바람을 부순다? 한 방향으로 몰려오는 바람을 순하게 만드는 것이 구멍이며, 그 구멍을 달리 생각하면 우리가 오가는 문이기도 하는 것이다. 오늘과 같이 마음이 사나워지고 서로를 용납하지 못하고 미워하는 불통의 세태에서 돌담의 숭숭 뚫린 구멍처럼 '드글거리는' 사나운 마음을 잠재우는 일이 무엇이 어렵겠느냐고 넌지시 이야기 하는 이 시를 부디 많은 사람들이 애송해 주었으면 하는 바램을 가져보기도 한다.

4.

「우리가 돌담이 아니던가요」의 마지막 연은 이 풍진 세상을 살아가는데 있어서의 만병통치약이 구멍이 뚫린 돌담이 되는 것이며, 시인의 정체성이 돌담 같은 사랑에 있음을 천명한다. 그 사랑은 시집 전체를 관통하는 주제적 관념임이 틀림이 없다. 에로틱하기도 하고, 애절하기도 한 시인의 사랑은 완전히 행복한 결말을 이루지 않을 뿐만 아니라 너무나 일방적인 독백 내지 토로에 가깝다고도 볼 수 있다. 어쩌면 시인이 꿈꾸는 사랑은 건강한 나르시시즘으로 생의 환희에 가득 차 있는 것으로 보이기도하다. 생각해 보면 건강한 나르시시즘 – 자기애自己愛 – 은 자기 자신을 욕망하되, 타자他者에게 위해를 가하는 것은 아니다.

시가 그래서 고맙지
사랑하는 사람이 없어도
홀로 사랑해서 행복하고

사랑해주는 사람이 없어도
홀로 기다리며 서럽고
헤어질 사람 없어도
홀로 이별하며 아플 수 있는 시

― 「홀로 시詩, 아리랑」 2연

위의 시는 단지 시인이 시를 쓰는 ― 써야 하는 ― 필연성을
이야기하는 동시에 그가 꿈꾸는 사랑의 실체가 무엇인가를
보여주고 있기도 하다. 그러하기에 이 시집의 2부에 집중되어
있는 사랑 시편은 '당신'으로 표현된 대상에 대한 연정을 드
러내고 있지만 그것은 욕망의 분출이나 정복, 소유의 욕망과
는 다른 층위를 지니고 있음을 알 수 있다. "저 배가 바람처
럼 간들 / 당신만 태우고 가지 않으면 / 손 흔들 수 있어요"
「부럽지 않아요」 첫 부분에서 볼 수 있듯이 '배'는 떠남의 도구이고
'당신'은 떠남의 주체인데 배는 떠나고 당신은 남아 있으므로
기쁘게 손 흔들 수 있다고 표명한다.

시가 언어의 애매성과 그 언어의 뒤틀림에 따라 의도의 오
류가 발생하는 특성을 가지고 있다는 점을 고려한다면 필
자는 우리가 어쩔 수 없이 받아들일 수밖에 없는 세월이 곧
'배'이며 그 세월이 덧없이 흘러가고 육신의 쇠락이 찾아온
다고 해도 결코 항심恒心을 잃지 않겠다는 의지를 '당신'으로
읽고 싶은 것이다. 여기서 항심이라 하는 것은 나를 둘러싼
난경難境에도 불구하고 모든 것을 포용하는 사랑을 의미하
는 것이리라.

당신은 구비구비 숨은 골짜기 말고
깊고 깊은 산속 작은 동네 길 말고
내 안의 숨은 길 따라 직진으로 오세요.

　　　　　－「숨은 길」마지막 연

당신을 생각하면 혀에서 새순이 돋는 듯 간지럽습니다
제가 당신이라는 씨앗을 품고 있는 거지요

… (중략) …

아직 오지 않은 당신이 이제야 와도 괜찮습니다
얼마든지 기다릴 자신이 있습니다
어떻게든 어디서든 당신은 오시기만 하면 됩니다

　　　　　－「당신 생각」첫 연과 3연

그러니 사랑도 사레처럼
너무 뜨겁게 격렬하지 말고
너무 한꺼번에 불타오르지 말고
찬찬히 스며드는 거다.

　　　　　－「사레처럼」마지막 연

　시인은 사랑을 본유적인 품성稟性으로 이해하는 것이 아니
라 배우고 익혀야 하는 것學習으로 받아들이고 있는 것

같다. "내 안의 숨은 길"「숨은 길」은 잊어버릴 수 있고 스스로 영영 찾지 못할지도 모른다. 그래서 사랑은 "어떻게든, 어디서든, 당신은 오시기만 하면 되"「당신 생각」는 감성이며 "그러니 사랑도 사례처럼… 천천히 스며드는"「사례처럼」것 이어야 하는 것이다. 그렇다면 이 가없는 사랑은 어디서부터 비롯된 것일까?

시인은 아버지「늙은 우체부」참조와 어머니「봉투들의 사랑방」, 「길갓집」참조, 할머니「사랑의 화석」참조 등등의 선대와의 추억을 반추하며 사랑을 깨우친다. 그들은 보상을 바라고 시인을 환대한 것이 아니다. 어디 그 뿐인가? 옆집 할매는 제초제가 남았다고 "풀약 남았응게 화단에 약쳐주께 잉 / … 날 뜨겁게 내가 휘익 금새 뿌려줄게"「풀약 쳐줄게」, "밥 때가 되면 서둘러 밥을 짓고 / 반찬을 만들어 두 집 건너 사는 우리 남매들을 부르"「옥이 이모」던 옥이 이모, "옥수수도 툭, / 복숭아도 툭, / 고구마도 툭, 어느 날은 시집도 커피도 찐 감자도 마루에 놓고 가"「뒷배 형님」는 뒷배 형님 등은 어느 날부터 스물스물 사라져버린 공동체의 따스함을 복원하고자 하는 열망을 불러일으킨다.

그리하여 시인은 "나를 사랑해주고 아끼는 마음이 모여 / 끝없는 염려와 응원으로 바라보는 / 뜨거운 눈길을 정인이라 하겠다"「정인이 정인에게」2연고 말한다. 우연히 인연이 닿아 영육의 사랑을 나누는 정인情人과 혈연으로 이어진 정인定人이거나를 막론하고 "기실 사랑은 헤어날 수 없는 감옥"인 까닭에, 그 감옥은 사람들을 나누고 유폐시키는 공간이 아니라 뜨겁게 서로를 감싸 안아야 하는 살 맛 나는 세상이기에 시인이 읊조리는 사랑은 무차별적이고 생물과 무생물의 경계를 훌쩍 넘어가 버리는 것이다.

그렇다고 나긋나긋 속삭이듯 시인의 사랑 시편을 연모로 가득한 어느 이의 독백으로 음유吟遊하는 즐거움을 잊지는 말자.

5.

앞에서 곽성숙 시인의 시편을 일러 명랑한 슬픔이라고 명명한 바 있고, 시인이 인식하고 실행하려는 사랑이 건강한 나르시시즘의 발로라고도 말했다. 거기에 덧붙여 이러한 시인의 심리가 학습으로 구축된 것으로 이해하기도 했다. 그러나 이런 분석이 시인이 태어나면서 구유具有한 천진난만한 심성이 결여되어 있다는 것을 의미하지는 않는다.

여섯 살 때의 기억을 되짚어보는 시 「옛 편지」에서의 시인은 두 살 위 오빠를 졸졸 따라다니는 막무가내 귀여운 악동 惡童이다. 오래 전 이지李贄가 때 묻지 않은 동심童心이 문학의 출발점이자 정점頂點이라고 주장했듯이 시인이 들여다보는 유년은 바탕이 맑기 그지없는 순수한 마음이며 그 바탕 위에 쓰는 시는 세파에 얼룩지지 않은 사랑이어야만 했을 것이다. 「시의 신발」, 「손수레」, 「시와 쌀」, 「그러네, 정말」, 앞서 잠시 언급한 「홀로 시詩, 아리랑」, 「당신의 시집」 등등의 많은 시들은 회사후소繪事後素의 의지를 공고히 하려는 시인의 안간 힘으로 보아도 무방하다. 곽성숙 시인의 시편이 보여주는 구어체의 문장은 시인이 당면하고 있는 존재의 소멸에 대항하는 의식의 순간적 반응과 직결되어 있는 염결성廉潔性과 깊은 관련이 있다.

소금쟁이가 그렇게 물 위를 살금
튀어 옮기는 것은
제 몸이 녹을까 싶어서야 소금쟁이잖아
물에 사르르사르르 녹아버리는 소금이잖아
소금을 지니고 태어났으니
제 몸을 살짝
아주 조금씩조금씩 사라지며
이 생을 버티는 거야
네 다리를 쫘악 벌리고 뛸 때마다
물의 짠맛은 짙어가지만
발바닥은 얇아지지만
쉬지 않고 튀어보는 거지

나는 소금쟁이니까
가만히 있다 녹아버릴 수는 없으니까.

　　　－「소금쟁이가 튀는 이유」 전문

　이 빛나는 시는 존재의 장렬한 슬픔을 묘사하고 있다. 우
리의 유한한 삶을 위로하고 소멸의 불안을 해소하기 위해서
우리는 신을 찾고 그로부터 안식을 염원한다. 그러나 이 시
는 '소금'이 상징하고 있는 개별적 존재의 유용함이 소멸을
경유하여만 구현됨을 함축하고 있다. 뭍 생명들은 물 없이
살 수 없고, 소금을 섭취하지 않으면 살 수가 없다. 거대한
코끼리들이 광활한 대지를 헤매며 흙을 파헤치며 코를 들이
대고 소금을 찾는 광경을 떠올려 보라!

우리가 시집 『박공널의 시옷이 되어』을 더듬어 여기까지 온 것은 시시각각 변화해가는 존재가 끝끝내 살아남을 수 있음이 소금과 같은 사랑을 긍정할 때 이룩되는 일임을 깨닫기 위해서였다. 그런 까닭에 시인 곽성숙에게 있어서 시는 소금쟁이의 운명을 타고 난 존재를 지탱하는 힘인 것이다. 그런 면에서 「소금쟁이가 튀는 이유」와 「시의 신발」은 모든 존재의 소멸하는 운명과 더불어 그 존재가 소금쟁이가 될 수밖에 없는 현실에 맞서는 긍정의 메시지로 읽어야만 한다.

　시인의 눈길이 닿는 세상의 풍경은 모두 시간의 사슬에 묶여 있지만. 그러나 남루한 물상들은 또한 존재하여야만 하는 필연적 섭리를 지니고 있기도 하기 때문이다. 존재의 근거를 지니고 있는 모든 물상은 서로서로 기대는 'ㅅ'이면서 '人'이다. 인식의 주체인 사람은 놓아주고, 품어주며, 보상을 바라지 않는 사랑, 즉 무위無爲를 행할 때 소요유의 기쁨을 누릴 수 있다. 말하자면 바람의 영혼이 되는 일이다.

　시인은 "바람의 냄새를 맛보고 싶다 … 중략 … 바람 냄새, / 전신을 흔드는 그 냄새를 / 저는 지금 은밀하게 맛보는 중입니다."「바람 냄새와 맛의 관계」라고 말한다. 형체가 없는 바람은 그 무엇도 잡을 수 없고 어느 한 곳에 머무를 수 없다. 그와 동시에 바람은 스쳐지나가는 그 모든 것들에게 생生을 환기하는 에너지를 부여한다. 무無에서 시작해서 무로 끝나는 바람은 행위 하지 않는 듯 행위하고 그 무엇에도 구속되지 않는 까닭에 그 무엇도 구속하지 않는다. 이를 비추어 본다면 바람 냄새를 맛본다는 것은 연상과 추리와 상상력을 추동하는 능력이 아니라 점진적으로 시인이 걸어온 사유의 결과물이다.

흐르고 떠도는 바람입니다
산비탈을 핥는 바람입니다

참새 혀 같은 푸른 잎
엄마 젖 같은 뽀얀 꽃
잎과 꽃을 핥는 허기진 바람입니다

산들바람, 하늬바람과 노니니
얼마나 축복입니까
빈번히 놀러오는 구름과의 재회는
얼마나 황홀한 기쁨입니까

때로 청보리 밭에 일렁이는 감미로운 명지바람으로
당당하게 장대비 몰고 다니는 구름 바람으로
은밀히 떠돌고 흐르는
마파람으로 출근하는 나는
얼마나 설레는 출렁임입니까

전생의 영혼을 휘휘 찾아가는 솔바람을
당신 이마에 동봉합니다
잠포록한 날에 저를 만나시거든
푸른 잎사귀와 붉은 꽃을 주십시오.

　　　　　　　　　　　– 「바람의 영혼」 전문

바람은 우리에게 곧잘 정처 없는 허무와 부질없음과 줏대

없는 소멸의 상징으로 인식되어 왔다. 그러나 「바람의 영혼」에서의 바람은 무위와 자유의 다른 말로서 생명을 생명답게 만드는 생물로서 아가페 그 자체이다. 주고 받는 호혜의 관계가 아니고 받음을 전제로 하는 것도 아니며 무조건적으로 부여하는 사랑은 이미 시인에게 당도한 착한 선물임이 틀림이 없다.

6.
『박공널의 시옷이 되어』는 『날마다 결혼하는 여자』(2016)에 이은 곽성숙 시인의 두 번째 시집이다. 이 시집은 오늘날 우리 현대시의 경향傾向에 휩쓸리지 않고 전통적 서정시의 어조를 견지하면서 사물에 대한 깊은 해찰과 그 해찰로부터 얻어진 사유를 자신의 세계관으로 직조하는 시의 묘미를 거두는데 성공하고 있다.

현학적이고 현란한 수사修辭가 아니더라도 얼마든지 우리의 시가 지향하는 현대적 감각을 표출할 수 있음을 보여주었을 뿐만 아니라 시편들을 단순히 집적한 것이 아니라 자신의 사유를 실천할 수 있는 삶의 원동력으로 삼기 위한 치밀한 논리를 갖추었다는데 큰 의미를 가지고 있다고 생각한다.

한정된 지면 탓에 길게 언급할 수 없지만, 「그랬으면 좋겠습니다」는 시집 『박공널의 시옷이 되어』에 질펀하게 펼쳐진 곽성숙 시인의 낭만적이면서 슬픔이 배인, 모든 독자들에게 보내는 사랑의 메시지를 축약하는 시로 감상하였음을 밝히고, 시와 산문의 경계를 허무는 실험적 시도를 보여주는 작품으로서 앞으로 이어질 시의 행로를 예감하고 있음도 말씀드리고 싶다.